발자국 공작소

발자국 공작소

펴낸날 2023년 9월 23일

지은이 이서은
펴낸이 주계수 | **편집책임** 이슬기 | **꾸민이** 이화선

펴낸곳 밥북 | **출판등록** 제 2014-000085 호
주소 서울시 마포구 양화로7길 47 상훈빌딩 2층
전화 02-6925-0370 | **팩스** 02-6925-0380
홈페이지 www.bobbook.co.kr | **이메일** bobbook@hanmail.net

ISBN 979-11-5858-954-7 (03810)

※ 본 사업은 원주문화재단의 2023년 문화예술지원사업으로 추진하는 사업입니다.

후원기관 원주문화재단

| 밥북 기획시선 39 |

이서은 시집

발자국 공작소

시인의 말

내가 시를 쓰고 있다고 생각했지만
시가 나를 치유하고
세상을 향해 한 걸음, 한 걸음
내디딜 용기를 주었다.

발의 모양과 색깔은 다르지만
금성과 화성 어디쯤 건너오느라
얼룩진 먼지 조각들을 모아
세 번째 발자국을 남긴다.

2023 여름,
이서은

/ 차 례 /

제3부 코 잡고 도는 세상

제4부 슬픔의 반대말

제1부

죽은 사인의 사회

빗방울처럼

너는 결코 작지 않다

강물이 되지 못하면 어때
느리지만 치열한 원형의 발자국을 남기고

모든 직선의 희망이 된다

불편한 명사

직업이란 말은 불편하다

의사,
판사,
변호사,
교수 모두 다 직책이다

아픈 사람을 치료하고
법을 판결하고
피고인을 변호하고
학생을 가르치는 일이 직업이다

나는 자발적 전업을 선택한
시 쓰는 주부다
직책은 결코 꿈이 될 수 없다

다시 쓸 결심

그곳에 탕웨이는 없었다
시와 헤어질 결심이라도 할 듯,
찾아간 곳에는 어스름한 물결만
무기력하게 누워 있었다
헤어질 결심에는 그림자가 따르기 마련이다
키보드 위에서 춤추던 활자들이
일제히 침묵 시위 중이다
여기서, 나는 나를 리셋해야 한다

시가 안 써지면 모나미 볼펜을 찾는다

모나미 볼펜이 영양가 없이 며칠째 설사 중이다
손에 쥐고 있는 볼펜이 싸놓은 똥이나 잘 치우라고 한다
이정록 시인은 시가 안 써지면 시내버스를 탄다고 했다
나는 언제쯤이면 만원 버스 몽블랑 만년필이 되어 검은 배설물을 쏟아낼까

4월, 동안거

왜 아직도 침묵하냐고 묻는다면
동토를 밀어 올릴 용기가 없기 때문이라고
대답할 것이다
둥지를 떠나기에는
봄이 아직 멀었기 때문이라고
대답할 것이다

덜 익은 모서리

책상 정리를 하다가 시집에 손목을 베었다
우회할 수 있는 길도 많은데
장미 넝쿨을 헤치다 찔렸다
시는 누워서 익지 않는다
꼿꼿하게 서 있는
날에 이유도 모른 채 베인 적도 있다

요즘 것들

‘어떻게 오자마자 off 신청을 하냐고’
‘요즘 것들은 하여간’
‘나 같으면 눈치 보여서’

3교대 교대 근무가 이뤄지는 간호 병동에서
신입 간호사들의 off 신청을 두고
볼멘소리가 병실 복도 가득 번진다

한 번도 요즘 것이었던 적 없던 나는
요즘 것들을 혀끝에 올리는 동안
초대받지 못한 계절을 정리하는
차트처럼 쌓여갈 것이다

경추로 전생을 건너온 남자

보호자 수술동의서를 받아 들었다
사십 년 살아온 시간의 궤적이
벚꽃잎처럼 하얗게 나부끼고 있다
꽃에 취해도 부족할 계절,
마취약에 취했다 깨어났다
주치의는 전생에 나라를 구했냐고
농담을 던졌지만
희망 고문이 넘치는 세상을 어쩌지 못해
차마 고개를 숙이지 못했다

바다도 감기를 앓는다

수평선이 첫사랑 눈동자를 닮았다

그리운 사람을 만나려고 길을 재촉하는 발자국을 따라
바다의 문장을 더듬었다
파도는 부풀어 오른 편도선을 뒤로하고
아주 오래전 수평선 너머로 떠난
한 사람을 기다린다

겨울밤, 라디오 밖으로 나온 남자

2023년 새해를 이틀 앞두고 마주 앉은 저녁 식탁에서 라디오를 켰다
같은 직장에서 17년 근무했다는 부부의 사연이 나왔다

1년 7개월도 다니기 힘들 텐데
같은 건물에서 반복되는 업무를
어떻게 저렇게 오랫동안 할 수 있나
부부의 인내심에 탄복하는 사이,
옆에 있던 신랑이 한마디 던진다

'나는 20년 됐는데'

아차,
부처를 앞에 두고
남의 집 마당 부처에게 빌고 있던 꼴이라니

내일 저녁에는 그이 닮은 둥근 케이크 하나 사서
촛불이라도 켜야겠다

우리 집에는 디오게네스가 산다

바쁜 아침, 한 점의 조기라도 더 먹기 위해
그이의 발골 작업이 한창이다

복스럽게 먹는 모습이 보기 좋아
밥상 앞으로 다가가 얼굴을 내미는 순간
'안 보여, 안 보여' 다급하게 손사래를 친다

알렉산더처럼 아직 세계를 정복하지는 못했지만
세상을 품을 밥을 지어준 것에 대한 피드백이 입동 절기보다 냉랭하다

디오게네스가 한 줌의 햇살이 필요했던 것처럼,
순간, 순간 자신의 내면을 가득 채우는 디오게네스 같은
사내와 살고 있다고 생각하니 절로 풋, 풋한 웃음이 터져 나오는 아침이다

눈동자에 용서를 구하는 법

쓸데없이 글씨를 많이 봤다
몽골 사람들은 시력이 3.0이라는데
내 두 눈동자는 운도 없지
활자 중독에 걸린
무명작가의 이마 밑에 눌러앉아 있다
금요일 오후 3시,
무기력한 눈썹 위로 커피 잔만 쌓여가고 있다

그날 이후 슈크림 빵을 먹을 수 없었다

파리 에펠탑 앞을 거니는 상상을 하는
주말 아침 그녀가 사라졌다

빵만으로는 살 수 없는 세상에서
일용할 빵 한 조각 구하기 위해
몸이 반죽이 되도록 24시간을 빚고 또 빚었을 것이다

23살, 제대로 꽃 한번 피워보지 못하고 사지가 찢겨나가는 동안에도
자본주의 탈을 쓴 고철 덩어리는 멈출 줄 몰랐다

귀갓길 쇼윈도에 비친 파리 바게트 진열장에는
구워지지 못한 하루가 노란빛으로 물들고 있다

죽은 사인의 사회

작가와의 만남에서 만난 시인 지망생은
사인 연습을 해야겠다고 말했다

사인 연습을 하는 시인은 있어도
시처럼 사는 사람은 만나기 힘든 세상에서
시詩시詩한 잉크 방울만 가을밤을 수놓고 있다

개犬, 차반

10월의 동해는 물 반 사람 반이 아니라
물 반 자동차 반이다

사람은 걸어 다녀도 반려견은 조수석에 태우는
희한한 세상에 살고 있다

다음 생에는 돈 많은 주인집 강아지로 태어나고 싶다는 사람들이
강아지처럼 파도를 타고 있다

그게 다

단골 국숫집에서 혼자 앉아서 밥을 먹는 사내가 쩝쩝 소리를 내는 것도

아버지의 안부 전화가 잦아지는 일도

윗집 강아지가 밤새 짖어대는 것도

그게 다

외로워서 그래

날 좀 안아 줄래요?

연습도 없이 어른이 된 사람들은 아침잠을 잃어버렸다
주식 앱에 접속할 시간은 있어도
가을 낙엽처럼 언제 바스러질지 모르는 나를 안아 줄 두 팔은 없었다
예습도 없이 세상이라는 학교로 파도처럼 떠밀려 왔다
종종 나에게 학습된 미소를 보이는 이들도 있었지만 한 계절을 넘기지 못했다
드라마 속 주인공처럼 채워지지 못한 눈빛을 들킨 것 같아 부끄러웠지만
어쩌면 마지막일지도 모른다는 생각에 용기를 냈다
그대의 무릎과 내 심장의 높이가 같아지는 순간,
봄별 같은 당신 품으로 날아올랐다

어느 가을 아침

나의 복숭아뼈는
더 이상 복숭앗빛이 아니다

청춘에 말린 햇살을 끌고 와
톡, 톡, 창문을 구워 먹는다

밤이 게을러도 되는 상강 무렵
복숭아의 살은 뜯어 먹고
뼈만 남았다

마린시티를 헤엄치는 카멜레온

"진짜 부자는 현대 카멜리아 아파트에 살아요
한 라인은 변호사, 한 라인은 검사
30대 초반 변호사 월급 400만 원이 안 될 텐데 어찌 저곳에 살까요?"

뒤늦은 휴가로 떠난 부산에서 만난 택시 기사가
'다 알면서 순진한 척하지 마' 하는 표정으로 툭, 말을 건넨다
광안대교 다리라도 끊어진 듯 택시 안은 침묵의 시간이 이어졌다

해운대에 코 빠뜨리고 온종일 걸어도
그곳엔 내 집 한 칸 마련할 가능성은 1도 없어 보인다

귀가를 서두르는 해녀의 어깨너머로 하루해가 저무는 동안
지느러미도 없는 사람들이 카멜레온처럼 푸른 도시를 기어오르고 있다

제2부

치과로 퇴근하는 남자

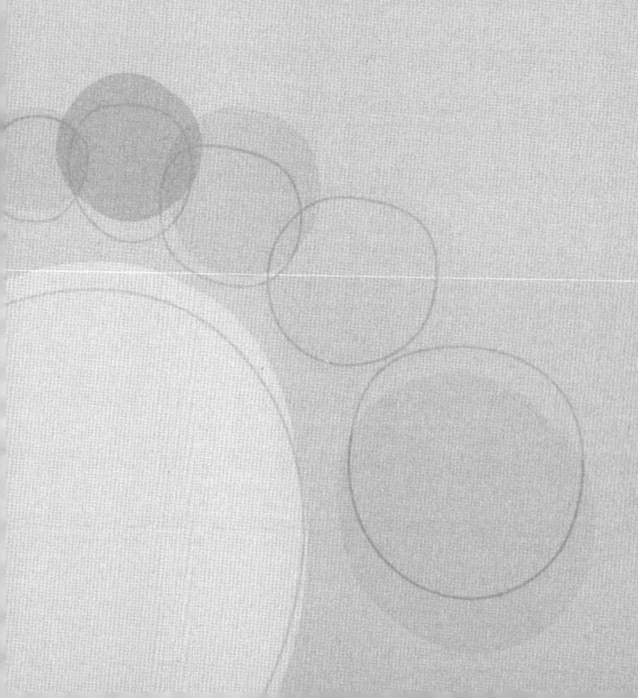

하루 세 번 사는 여자

나를 낳았다는 여자는 나를 미연이라고 부른다
그리고 미안해한다

내 의지와 상관없이
그들만의 세계로 초대해놓고
나를 은서라고 부른다

아침엔 나를 미연이라 하고
오후엔 은서라 하고
밤은 서은이라고 한다

별다방 가방 속에 서식하는 오징어

프랜차이즈 커피 한잔 덜 마시며
이름 모를 아이의 미래에 희망을
심어준다고 자신만만하게 시를 쓴 지 얼마나 됐을까

우산 없는 날 소나기 내리듯이
욕망은 종종 예고 없이 잽을 날린다

미친 척 몇 시간씩 줄 서서 명품 가방을 사고 싶은 것도
고급 외제 차를 갖고 싶은 것도 아니었다

유일하게 즐기는 기호 식품인 커피를 무려 17잔을 마시면
사은품으로 여행용 가방을 준다는 스타벅스 유혹에 못 이겨
몇 달 동안 아침마다 고급 원두로 뇌를 각성시켰다

다가오는 여름에는 커피와 바꾼 가방을 들고
당당히 호텔 휴가라도 즐겨볼까?
행복한 상상에 잠기는 것도 잠시,
사은품으로 받은 여행용 가방에서
포름알데히드 성분이 검출되었다는 뉴스가 나온다

헛된 욕망은 차마 식탁에도 올리지 못할
오징어 냄새를 풍기며 가방 속에서 홀로 출렁이고 있다

육전

가성비가 취향이 되어버린 이후로
가슴 한켠에 늘 계산기를 달고 산다

어쩌다가 빨, 주, 노, 초, 파, 남, 보
무지개 빛깔을 닮은 취향이 되어버린 것일까

소고기만으로도 충분할 텐데
달걀 물을 뒤집어쓰고 기름의 바다를 헤엄쳐
내 입속으로 들어왔을까

임플란트 만렙

치과 진료를 위해 평소보다 일찍 퇴근길에 합류했다
도로 위는 어느새 앞만 보고 달리는 경마장으로 바뀌고
양보 따위는 찾아볼 수 없다
숙련된 조교가 조수석에 타면 신호발 잘 받는다며
한 번씩 한눈을 팔다가
자칫 너그러운 말로 오해받기도 한다
"천천히 가. 급할 거 없잖아"
느림의 미학을 추구하는 엉덩이를 토닥인다
오늘은 양보를 배운 경주마를 추앙하고 싶다

통장에 콤마가 두 개 찍힌 날

무슨 일로 가난한 시인 통장에 하나도 아닌 두 개씩이나 점이 찍혔을까

생각지도 못한 창작준비지원금이 입금되었다

젊음 하나 앞세워 자발적 백조를 선언한 지 십 년째다

늘 그래 왔다

입금은 불분명하지만

지출은 알파벳 숫자 하나 틀리지 않고 매달 썰물처럼 빠져나갔다

소개팅 전날 밤처럼 심장이 두근거리는 것도 잠시,

바람 빠진 풍선처럼 낯선 콤마가 보류된 일상을 빠져나가기 전에

누군가에게 희망의 씨앗이 되는 시 한 편 써야겠다

치과로 퇴근하는 남자

금요일 아침마다 옷장 앞을 기웃거린다
선택할 만큼 가져본 적 없는 일주일이 지나가고
옷매무시를 한 번 더 점검한다
주5일에 등 떠밀린 수염도 제자리를 찾아가는 시간
먼지 쌓인 향수병에도 손이 갈 만큼 여유가 생겼다
사내의 시간을 건너오느라
차마 아무에게도 보이지 못했던 만리장성
어금니 사이로 핏빛 노을이 지고 있다

이번 여름 배낭은 가볍게 챙겨

집으로 돌아가는 시계 따위는 잊어버린 채
차표 한 장 끊어 까무룩 까무룩
밀린 잠을 창가에 쏟아낸다

냉랭한 회색 도시에 살면서
눈뜨면 강원도 공기 좋은 어느 동네였으면 좋겠다고
생각한 적이 하루 이틀이었을까

이번 여름에는 몸만 떠날 거야 다짐해보지만
도시는 쉽사리 병든 발목을 놓아주지 않는다

여름이 다 가기 전에 꼭 편도 차표를 끊어야지
꿈꾸듯 졸고 나면 꽃이 소금 뿌리듯 흐드러진 봉평이었으면 좋겠다

詩詩한 날, 안줏거리

오래된 인연들과 소 갈비찜을 배불리 먹고

원주교 오거리를 돈 많은 백수처럼 지나가는데

오거리에서 장기를 두다

차에 치인 사람들 이야기가 도마 위에 올랐다

차 소리도 확성기 소리도 들리지 않는 몰입이라면

시의 경계를 넘어선 신선의 경지가 아닐까

따가운 햇살이 따라오며 낮술을 권한다

5월

각종 기념일로 포장된 박스를 개봉한다
사람의 도리를 다하려면 아직 멀었는데
여름이 오고 있다
달력의 숫자는 아지랑이처럼 아찔하다
알파벳 숫자를 동그라미 속에 가둬보지만
카타르시스를 안겨주는 날은 드물다
학습되지 못한 의무감이 물안개처럼 밀려와
목을 조른다
이제 겨우 삼분의 일이 지났다

봄 햇살은 주머니에 넣어둬

중년 남성들이 원주시립중앙도서관 공원 벤치에 앉아
봄볕을 나누며 치열한 대화를 나누고 있다

소소한 근황으로 문을 연 수다는
애피타이저 주식 이야기를 곁들이고
뭘 해먹고 살아야 하는지,
오후 두 시의 구름처럼
사내들의 고민이 사월의 바람에 나부끼고 있다

'나였다면'
'나 같으면 말이야'
묻지도 않은 질문에 공연히 독백을 하다가

나야말로 이러고 있을 때가 아닌데
수심 가득 봄날의 햇살 한 줌을 접어
읽고 있던 시집을 덮었다

미안하다는 말은 하지 못했다

정오가 조금 지난 시간 4차선 도로 한복판에서
노부부가 인도에 흩어진 폐지를 줍고 있다

보약 같은 봄 햇살로도 덮을 수 없는
가난의 주머니가 야속하다

일면식도 없는 젊은이에게
통행에 불편을 준 것이 미안했는지
폐지 정리하는 할머니의 손이 빨라진다

나이가 든다는 것은 미안한 일이 많아진다는 것이다

괜찮다며 바닥에 떨어진 구겨진 박스를
손수레에 올려주고 떠난 젊은이가 사라진 길을
한참 동안 바라보는 노부부의 이마 위로
눈물 같은 땀방울이 맺히고 있다

구씨*

낯선 정류장에 잘못 내렸다

무채색으로 머물다 갈 시간 속을
무작정 걷다가
초록의 방에 들어와
별과 함께 누웠다

밤새도록 수많은 구씨들이
꿈속을 따라왔다

* JTBC '나의 해방일지' 등장인물

여자는 아파도 엄마는 아프면 안 된다

생각이 숲처럼 쌓이고
머리에 나무가 자라나고 있나 보다
다행히 간단한 시술로 혹을 제거했다
부분 마취를 하고 잊고 있던 슬픔의 잔가지가
서걱서걱 잘려나가는 동안
고장 난 시계추를 안고 뿌리가 잠시 흔들렸다
거즈를 모자처럼 눌러쓰고 길을 나선다
모자 사이로 연둣빛 새순이 돋아나고 있었다

단테와 함께 선거 공보물을 읽는 아침

제20대 대통령 선거 공보물을 한 장 한 장 넘기고 있다
후보자들 재산 목록이 눈에 들어온다
상대적 박탈감에 눈동자는 이미 흔들리고 있다
옆자리에서 카네기와 함께 자기계발에 한창이던
눈치 빠른 단테가 미소 지으며 어깨를 토닥였다
'오늘이야말로 우리가 가진 가장 소중한 재산'이라며
오늘부터 나를 부자로 만들어 주었다

복리에 복리, 詩를 낳다

월 50만 원씩 넣으면 추가로 36만 원을 준다는
'청년 희망 적금' 광고 팝업창이 며칠째
눈앞에서 왔다 갔다 한다

끌어모을 영혼도 없는 개미들은
허리띠를 졸라매고 차곡차곡 모으는 것 외에
마땅한 재테크 방법이 없다는 것이 답답한 현실이다
30대 중반이라는 능선에 걸려 가입이 거절되었다

나만 빼고 다 한다는 주식 시장이 열리려면
아직 이른 시간
해 뜨기 전이 가장 어둡다는 명언을 지나
마우스를 노트북 화면 귀퉁이에 올려놓았다
2022 '시 창작'이라 적힌 폴더만
묵묵히 제 몸을 불리고 있다

발자국 공작소

하루만큼의 고단함을 발끝에 싣고
빨래방 안으로 사람들이 모이고 있다

계절을 잊은 자기 덩치만 한 여행용 가방에서
숨겨둔 이야기를 뱉어내듯,
주섬주섬 속옷을 꺼내는 청년

빨래방 한켠, 가성비 좋은 커피만 즐기고
번개처럼 사라지는 가족들

타국생활 서러움을 씻어내듯
무심하게 세탁기 버튼을 누르는
눈이 크고 깊은 외국인 노동자들

발의 모양과 색깔은 다르지만
금성과 화성 어디쯤 건너오느라
얼룩진 먼지 조각을 빨래통에 넣은 이들은
내일도 희망으로 걸어갈 발자국을 찍어내고 있었다

내 심장에 사는 책벌레

호기심 가득한 눈동자로
검은 활자의 주름을 어루만지고 있다

사람들은 당신을 책만 보는 바보라고 말하지만
깊이를 가늠할 수 없는
행과 행 사이를 건너오느라 눈물에 젖은
작은 날갯짓을 바라본 적 있다

겨울잠 자던 언어들이 기지개를 켜고,
한 마리 나비가 되어 누군가의 심장에
날아드는 순간을 꿈꾸고 있다

세상을 들어 올리는 법

대통령 선거에 나온 후보마다
세상을 한번 바꿔보겠다고
큰소리치고 있다

나도 가끔 나를 바꿔보겠다고 다짐하곤 하지만
하룻밤 자고 나면 도로 그 자리다

철봉에 온전히 몸을 맡겨본 사람은 알 수 있다
내 몸 하나 들어 올리기도 만만치 않다는 것을

나를 들어 올리는 일과
세상을 들어 올리는 일은
결국, 모두 자신을 비워야 할 수 있는 일이다

눈 좀 감아봐

임인년 새해가 밝았지만
닭 가슴살 같은 퍽퍽한 살림살이는
나아질 기미가 보이지 않는다

기적처럼 눈에 들어온 대출광고 전단을 들고
스마트폰으로 전화를 걸어보지만
먼저 계좌로 진행비를 입금해야
돈을 빌릴 수 있다는 메아리만 돌아올 뿐이다

뭐니 뭐니 해도 머니가 최고인 세상이지만
돈이 있어야 돈을 벌 수 있는 눈먼 자들의 도시는
오늘도 현재 진행형이다

제3부

코 잡고 도는 세상

입술 포진

안으로

안으로

입안 가득 욕심을 채우기에 급급했다

바깥으로부터 밀고 들어오는 욕망 때문에

안과 밖의 경계가 무너지기 시작하는 순간

툭, 터지고만 작은 봉우리들

목구멍이 포도청이라

일그러진 무덤 속으로

부지런히 밥알을 날랐다

은밀하게 새살을 밀어내느라

딱지가 덮이고

부슬부슬 벌레 기어가듯 간지러움으로

신경을 곤두세웠다

욕망의 절정에서

터지고 나야 가라앉는

물의 집을 허물고 말았다

걱정대행 전문회사, 인형 대장

우리 집 걱정 많은 어른 때문에
오늘도 나의 엉덩이에는 불이 난다
걱정이 하나, 둘, 늘어날 때마다
행복아,
행운아,
사랑아, 다정하게 부르며
거실 한쪽에서 뒹구는 솜으로 가득 채워진
나의 엉덩이를 허락도 없이 마구 두드린다

어른들은 무엇이 그리 바쁜지 24시간이 모자라 보인다
걱정을 배부르게 먹고, 엉덩이에 뿔이 나더라도
절대로 어른은 되지 않으리라 다짐한다.

우리 집 어른이의 걱정만 없어질 수 있다면
나야말로 걱정이 없겠다

시, 부당거래

이 정도 투자했으면
당신도 내게 이 정도는 해줘야지
2017년 봄부터 계속되는 요구에 지쳐
이제 그만 기권을 하려 했지만
그럴 때마다
싱크대 앞에서, 창고 같은 서재 책상다리 사이에서
잠 못 이루는 침대 머리맡에서
끊임없이 시마詩魔가 나를 불러내
달팽이관에 나만 알아듣는 망령을 불어 넣었다

삼 년 만에 시집을 내고
두 번째는 창작기금을 받아 시집을 내고 나서
겨우 돼지저금통을 털어 시집을 사야 하는 눈치를 벗어났다
그러나 나는 아직 나를 향한
무명의 거래가 끝나지 않았다

꽃잎의 온도를 재어보는 정오 무렵

순두부처럼 부드럽고 수줍은 많은 사내가 허공을 깨웠다
'낳아주셔서 감사합니다'
아내의 여자에게 장미꽃 한 송이를 건네는
그 마음이 난로처럼 따뜻해 물컹,
눈물이 차올랐다
이른 점심을 먹고 돌아오는 차 안에서
'그렇게 말해줘서 고맙다'고 사내의 옷깃을 잡고 고백했다
정오를 지난 사내의 목소리가
12월, 꽃잎의 온도를 재고 있었다

초록 불을 건너오는 산타

1992년 크리스마스이브에 박제시켜 놓은
산타 할아버지는 불혹을 불과 열흘 남짓 남겨 놓은 순간까지도
깨어날 줄 모르고 있다
운이 좋아 산타 가면을 쓴 사람들도 만났지만
건널목을 함께 건너가지는 못했다
임인년을 닷새 앞둔 크리스마스 저녁,
그래도 사랑을 믿는다는 철부지 딸을 향해
이제 막 겨울잠에서 깨어난 산타가
신상 노트북을 사 들고 걸어오고 있다

엄지손가락을 커밍아웃하다

한 해의 아쉬움이 밀물처럼 밀려오는 마지막 달,
새해맞이 금식 기도에 동참해 달라는 문자메시지를 받았다
엄지족은 한 치의 망설임 없이 썰물처럼 답장을 보냈다
'먹으면서도 안 하는 기도, 금식까지 하면서 해야 하나요?'
오늘 밤,
하느님이 네 죄가 무엇이냐고 물으신다면
대책 없는 솔직함이라고 고백할 것이다

코 잡고 도는 세상

생각해보면 삶은 언제나
고비의 연속이었다

학창시절 체육 선생님은 벌을 주면서도 소리쳤다
'코 잡은 손 절대 놓지 말아라'
흙먼지 풀풀 날리는 거친 모래 운동장에서
유일한 안전장치는 코 잡은 손이라는 것을
그땐 알지 못했다

단언컨대, 정답이 없는 도시의
네모난 상자 속에 살면서
하루하루를 살아남는 길은 오직,
코끼리 맴을 돌 때 절대로
코를 놓지 말아야 한다는 걸

욕조에 물이 차오르는 동안

윤동주의 시를 필사하다
우물을 찾아 나섰다

최신식 욕조 속엔 그리다 만 자화상이 출렁거렸고,
30년 전, 동네에 하나뿐인 우물에 빠져
허우적거리던 꼬마가 생각났다

수도꼭지에서 쏟아지는
건더기 없는 물수제비가
욕조 가득 물안개를 피워올리고 있었다

합궁

각기 다른 자궁에서 태어난

두 개의 태양이

서로의 좌표를 확인하는 날

모자를 벗은 아싸*

작가는 글로 자신을 표현하면 된다며

온갖 감투를 끝끝내 거절했다는

박경리 선생님이 생각나는 연말이다

빈 주머니는 시인에게 훈장이지만

달콤 씁싸름한 왕관의 유혹은 참기 어려운 세상이다

'왕이 되려는 자 왕관의 무게를 견뎌라'

이말 만큼 위험한 말을 들어본 적 없다

둥근 테이블 위 꼭두각시 인형은 자리를 떠난 지 오래다

오늘도 나는,

나에게서 가장 멀어지는 중이다

---

* 아싸: 영어 아웃사이더(outsider)를 줄인 말

실리 탐색

'보험에 가입해주셔서 감사드리며
계약관리 담당자를 안내해드립니다'

화성에서 온 남자와 금성에서 온 여자의
결혼기념일 아침
카톡이 날아왔다

지구에 머물며 사랑하는 동안
20년 납세는 기본 의무,
운 좋으면 종신형을 선고받을 수도 있다

우리가 몇 번의 케이크를 더 자를 수 있을까

친정아버지께 드릴 케이크 사러 빵집에 갔다가
초의 개수를 묻는 직원 앞에서
입술이 동결되었다

내가 서른쯤을 생각하는 사이
나이는 숫자에 불과하다는 말은
아버지에게도 예외가 아니었다

광속으로 궤도를 헤매던
사내의 시간을 건너오느라
초의 개수가 늘어나는 것을 놓치고 있었다

목석처럼 괜찮다고만 말하던 입술이
초겨울 저녁별이 되어
차갑게 쏟아지고 있었다

가을, 미완성

꿰매지 못한 시간들을 재봉틀에 놓고 돌린다
채우기에만 급급했던 계절이 속절없이 풀려나가고 있다
나도 누군가의 마음 한 올, 메꿔줄 수 있을까

술시

치악로 1948번지 헤이헤이 호프집에서는
마지막 택시를 놓친 사내들이 삶의 종착역을 찾아
세상을 향해 주정하고 있다
취중 진담은 저녁 9시가 넘도록 그칠 줄 모르고
술집에서 무슨 시집이냐고 훈수 두던 그는 오늘 밤도
술 같은 시에 취해버렸다

공공임대 주택청약을 마치고

가을 하늘 높은 줄도 모른 채

오늘도 신축 아파트는 하늘 높은 줄 모르고 치솟고 있다

저렇게 높은 집에 내 방 한 칸도 없다니,

저렇게 많은 고층 아파트 단지에 내 집 한 채가 없다니,

조기 폐경을 맞은 통장 잔고를 바라보다가 뜨거운 것이 올라왔다

인생을 살면서 세 번의 기회가 온다고 했는데

때마침 '공공임대 아파트 모집 공고'가 떴다

빛의 속도로 인터넷에 접속하며

천국의 계단으로 오르기 위해 첫발을 내디딘 순간,

'29㎡에 접수처리 되었습니다'

드디어 나에게도 기회가 오려나?

결과발표 날까지 천국의 계단에서

내려오지 않을 작정이다

시 한 편 꽃 한 송이

제대로 된 시를 바친 적도 없는데

시 한 편 받고 꽃으로 화답하는 그대

그 시의 그 꽃이라 하고

천생연분이라 하네

아직 꽃과 맞바꿀 시 한 편

제대로 쓴 적 없지만

오늘만큼은 시에 코를 대고*

그대의 꽃으로 피어나리라

---

* 이생진 시인 시 일부 인용

취향 저격

내장 깊숙이 밀어 넣어둔 눈물샘을 자극하는
주말 드라마 '인간 실격'을 본방 사수로 보았다

취향마저도 강요당하는 세상에서
오징어 게임은 계속되었다

에, 취

오징어 땅콩 한 봉지,
맥주 한 캔으로
가을 닮은 여자의
가을밤의, 취향 저격은 계속될 예정이다

코로나 상생 국민지원금

나이 마흔쯤 되면 기적처럼 연금 복권에 당첨돼서
매달 100만 원씩 죽을 때까지 받는 상상을 한 적 있다

세상의 온갖 유혹에 의연해져야 한다는 불혹이 가까워져 오지만
매 순간 갈대보다 가볍게 흔들리며
양쪽 주머니 무게를 걱정하는 날이 늘어가고 있다

상위 12프로에 속하지 못했다는 자괴감보다
공돈 25만 원 입금을 알리는
문자 메시지가 더 반가운 추석 무렵,
숨만 쉬어도 지불되는 세금고지서가 먼저 떠오른다

철 지난 구두를 신발장 속에 가둬놓은 채
슬리퍼를 끌고
동네 꽃집으로 향했다
'여기 있는 꽃 다 주세요'
내 평생 꽃으로 불 지른 욕망이
연휴 내내 방안을 가득 채웠다

셀카

가을 저녁 햇살이 미간을 지나
입꼬리에 다다랐다
바람이 움찔,
브이를 그렸다

제4부

슬픔의 반대말

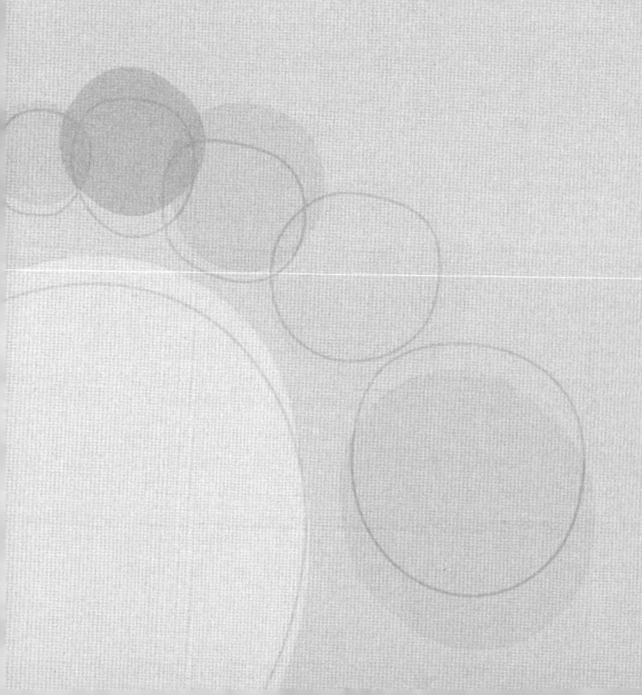

저녁 6시, 빨간 약통을 건네는 사람

세상 모서리에 베인 날,
뚝 뚝 떨어지는 피를 어쩌지 못하고
먼 하늘만 쳐다보았다

노을은 귀가를 멈추고
나를 보고 있었다
심장은 이미 멈추었다

ER에서 달려온 한 남자가
빨간 십자가를 내려놓았다

갑질

한 번도 얼리지 않은 국내산 암퇘지만을 사용한다는
봉산동 고깃집에서 주말 점심으로
가족들과 고기를 먹었다

우리 일행이 자리를 잡고 앉자마자
약속이라도 한 것처럼
손님들이 물밀 듯이 밀려들어 왔다

용돈 벌이 하려고 주말에도 쉬지 못하고
서빙 아르바이트를 하고 있는 학생의
움직임이 빨라졌다

고기의 느끼함을 삭이려고 사이다를 주문했다
내가 잘못 주문했나
조금 뒤 아르바이트생이 가져다준 것은
사이다가 아닌 콜라였다

함께 식사를 하던 가족들도 황당하다는 듯
고기를 집던 젓가락질이 주춤하고
알바 직원은 손님들이 누르는
'띵동 띵동' 벨 소리에 자동음성안내기처럼
'네, 네,' 거리며 혼자 동분서주할 뿐이다

"사이다 시키지 않았어?"
"바꿔달라고 해."
"아휴, 서빙이 원…"
"이런 대접 받을 거면 집에서 구워 먹었지."
함께 식사를 하던 식구들의 볼멘소리가
귀에서 윙윙거렸다

이 식당을 나서면 나 역시 을이 될 텐데
오늘은 그냥 사이다 대신 콜라로
분주한 알바생을 응원하기로 했다

칼만 안 든 강도의 생존법

비상금 한 톨 숨길 줄 모르는
순두부 같은 그이의 비상금 출처를 알아버렸다
뻔한 월급쟁이 주머니 사정에 돈 나올 구멍이 없다는 걸 알지만
며칠 전부터 콧구멍 사이로 장마 같은 쿰쿰한 돈 냄새가 난다

기분이 좋아 보이는 틈을 타
툭 한마디 던진다

"뭐 다 달라는 건 아니고
그 뭐냐…
그거 입금되면
나 십만 원만 줘봐 봐"

"강도네 완전"
안 준다는 소리 하지 않으니 반은 성공이다

"이렇게 예쁜 강도 못 봤지?"
곰의 탈을 쓴 여우의 철판이 점점 두꺼워지고 있다
이번 겨울도 월동준비 끝이다

슬픔의 반대말

하늘이 예쁘다면서 더 이상 사람들은
하늘을 올려다보지 않는다
사랑하는 것들은 닮아 있다
닮아 가지 못하는
우리는 모두
가여운 짐승들이다

입추

여름내
발밑을 핥던 선풍기가
파업을 선언했다

7월과 8월 사이

습관처럼 열던 냉동실 얼음 통을 다시 밀어넣었다
밀려들어 간 얼음은 다시 화점이 될 수 있을까

복세편살*

폭염이다
검은 욕망이 아스팔트처럼 녹아내린다

먹이를 기다리는 거미는
숨어서 모습을 드러내지 않는다

무심하게 또 일주일이 지나갔다
복권방 앞에 늘어선
긴 줄 끝에 서서
잡히지 않는 희망의 끈을
팽팽하게 잡아당긴다

---

* 복세편살: '복잡한 세상 편하게 살자' 줄임말

갑통알*

자발적 가난을 선택했지만
라면 물 쪼그라드는 것만큼 심장이 쿵쿵하는 일이 또 있지
지겨운 장맛비에도 통장 잔액만큼은 불어나는 일이 없으니
섣부른 잔액확인은 현실을 자각하는 시간만 부추길 뿐이다
주민등록증에 잉크 물이 질척거리는 MZ세대도
최저임금 아르바이트 자리에서
홍수처럼 잠기는 마당에 무슨 수로 갑통알 신조어까지 챙길 수 있을까
갑자기 툭 튀어나온 통장은 눅눅한 서랍 속에서 오늘도 말이 없다

* 갑통알: '갑자기 통장 보니 알바해야겠다'의 줄임말

펌킨족*

엄지족들에게 사색은 사치다

클릭 한 번이면

니 생각이 내 생각이 되고

내 생각이 니 생각이 되는 세상

헷갈림의 연속이다

'나는 생각한다. 고로 존재한다'

Ctrl+c

Ctrl+v를 수만 번 눌러도

데카르트 형님의 조언은 이해가 되지 않는다

속 빈 강정 키보드만 밤, 낮으로 분주하다

---

* 펌킨족: 인터넷상에서 다른 사람이 올린 콘텐츠를 그대로 가져다가 블로그 등에 올리는 사람들

가족끼리 왜 이래

발 닦고 낮술 마시기 딱 좋은
6월 오후, 유일하게 오빠라 부르는
남정네한테 전화가 왔다

인터넷은 시집을 9천 원에 판매하는데
왜 자기한테는 만 원을 받느냐고 따진다

'가족끼리 왜 이래'
소나기처럼 퍼부을 때는 언제고
2집까지 낸 시인이니 베스트셀러 작가가 되어
땡볕에서 일 안 하고 살아 보자고 한다

오빠야말로 가족끼리 왜 이래
역정을 냈지만
나야말로 best of best가 되고 싶은
욕망에 취하는 오후다

NEW BMW족*

위시리스트에 구름과자처럼 적혀있던 드림카 BMW.
'똥차 가고 벤츠 온다'던 교양과목 시간에 해탈한 듯
툭 던진 유행가 가사 같은 위로는 잊혀진 지 오래다
벤츠가 BMW로 둔갑한 지가 언제인데,
기름값은 하늘 높은 줄 모르고
쑥쑥 자라나고
키다리 아저씨는 동화 속에나 존재하지
거기 언니들 정신 차리세요
더 이상 정문 앞 엄마 친구 아들은
우리를 기다리지 않아
'야, 타'족들에게
버카충은 남의 나라 얘기?
월급이 통장을 스치기 전에
카카오 택시를 부르고,
BMW에서 택시족까지 하룻밤 사이
드림카가 바뀌는 마법 같은 순간이라니,
한여름 밤의 꿈 같은 벤츠 족의 꿈은 이루어지려나?

---

* BMW족: 버스(bus, bicycle)와 지하철(metro), 도보(walking)로만 이동하는 사람들을 일컫는다.

통크족*

산 입에 거미줄 안 친다고 하길래 자식을 낳았더니
보릿고개는 저리 가라
4년제 대학은 졸업시켜야 인간대접 받는다네
안 입고 안 먹으며 16년을 가르쳐도
유학은 기본 옵션이 된 지 오래,
드디어 사람대접 받는구나 싶어 마음 놓고 있었는데
내 집은 있어야 짝을 만난다네
겉보다 내용물이 중요한데
요즘은 억, 소리 수십 번 나야 겨우 면목이 선다네
아, 내 노후는 물 건너갔다네
자식 결혼시켰으니 고달픈 인생학교 졸업인가 싶었는데
나만의 착각이었네
이럴 때만 '내리사랑, 내리사랑' 부르짖으며 단물, 쓴물 다 빼먹고
에라이, 그럴 바엔
효도는 self
자식도 self
이제 나도 내 인생 살란다

---

* 통크족: 자녀에게 기대지 않고 취미생활이나 운동 등의 여가생활을 즐기며 부부만의 인생을 살아가는 노인세대

딩크족*

나와 너,
살아있는 생물체

섹스는 해도, 아이는 필요 없지

'~ 때문에 살아'
핑계는 댈 필요도 없는

* 딩크족: 정상적인 부부 생활을 영위하면서 의도적으로 자녀를 두지 않는 맞벌이 부부.

거기 누구 없소

악어처럼 입을 벌리고 있는 똑똑한 무인 자가 반납기 앞에서
손과 발은 한없이 무기력해진다
인간이 할 수 있는 일은 무엇일까 괜한 철학자가 된다
루이스 헤이는 일찍이 말했다
우리가 이곳을 떠날 때 가져가는 건 인간관계나 자동차,
은행계좌, 직업이 아닌,
사랑하는 능력이라고
조선 시대 문인부터 스타트업 회장까지 편식 없이 삼키던
굶주린 악어 같던 무인 기계는 배가 찼는지 금방 온순해졌다
오늘도 이곳을 떠나기 전에 고아처럼 외쳐본다
"거기 누구 없소!"

시인의 말일

계절의 여왕 5월이 온다고
감상에 젖어있기에는 전자레인지 위에 쌓인 고지서가 버겁다
늦은 점심으로 먹을 짜파게티 끓일 물을 올리고
친정 엄마표 배추김치를 양문형 냉장고에 밀어 넣으며 생각한다
또 며칠은 시 몇 편 지어 먹을 수 있겠구나

취중진담

이번 생 운의 절반 이상은 당신을 만나기 위해 썼다고 말하는 사람 앞에서

나도 그래

말하지 못했다

다만, 내일 아침 해가 조금 천천히 떠오르길 바랐다

조물주 위에 건물주

없는 길도 내어주는 이가 있는 반면
있는 길도 막는 이가 있다
조물주 위에 건물주가 최고인 세상이라지만
자기 키보다 좁은 한 폭의 길도 내어주지 못하는 건물주도 있다

하고 있는 헤어스타일처럼 심성이 달달 볶아진 건물주 덕분에
제자리에서 코 잡고 빙빙 돌 듯 돌아가는 골목길은
바쁜 아침 다양한 산책 코스를 제공한다

할머니 대신 음식물 쓰레기를 버리러 나온
백발 할아버지의 다정함은 오늘 새벽에도
온 동네 길바닥을 질척하게 물들인다

쓰레기 분리수거함을 코앞에 두고도
마음 한 조각 분리하지 못하는 조각난 마음의 파편들은
천 냥 백화점 자물쇠로도 잠귀지 못하고 나뒹군다

잠

얼마나 고단했으면 젊은 여자가 공원 의자에서 자고 있다
행색이 노숙자 같지는 않은데,
아직은 싸늘한 아침 공기에 자다가 변을 당하지 않을까
발걸음이 멈칫한다
책을 보는 척 여자가 누워 있는 옆자리에 앉아 온갖 의성어를
내어 본다

으… 으… 음, 컬럭, 컬럭

움찔움찔
여자가 움직인다

도둑처럼 밀린 잠을 자던 여자는 자리를 떠났고
살아있다는 안도감이 아지랑이처럼 피어오른다

두 번 죽을 수 없는 인간에게 잠은 가장 현명한 죽음 연습 아닐까